POEMARIO

MIS

SUSPIROS

DE AMOR

ROBERT MAXIMILIAM

2019

POEMARIO

«MIS SUSPIROS DE AMOR»

ISBN 978-1-988475-84-4

© copyright, 2019
Editada bajo el sello de
«EDITIONS ROMAX»

INTRODUCCION

El poemario «mis suspiros de amor» nace iluminando una expresión de amor que brota desde el oasis de mi corazón. Estas frases bohemias y, hasta, melancólicas, surcan el cielo de un deseo queriendo ser fuego; de una espera buscando en el silencio la frase perfecta; de una saeta convirtiéndose en poeta para pintar sus palabras de promesas. Mis suspiros de amor buscan elevar como piscuchas, *las mariposas en flor que adornan su interior; que florecen, por amor; que se vuelve, picaflor.*

Robert Maximiliam

POEMARIO

«MIS SUSPIROS DE AMOR»

INDICE

MIS

SUSPIROS

DE

AMOR

1- MI PRIMER AMOR

Robert MAXIMILIAM

Aunque pase el tiempo, lleguen otros besos,

Otras caridades, nuevas ilusiones,

Versos del amor.

Aunque pase el tiempo, pasen otros mares,

Lleguen otros soles, nuevas primaveras,

Sueños del amor.

TÚ FUISTE, MI PRIMER AMOR

CONTIGO APRENDI

A COMPARTIR LOCURAS,

A CEDER DE NUEVO,

A APRENDER DEL MIEDO,

A SER COMUNIÓN.

TÚ FUISTE, MI PRIMER AMOR

CONTIGO APRENDI

A COMPARTIR RIQUEZAS,

A OFRECER POBREZA,

A CALLAR VANIDADES,

A SEGUIR, DE PIE.

TÚ FUISTE, MI PRIMER AMOR

MI PRIMER BESO

MI PRIMERA ILUSIÓN.

2- MI ÚNICO AMOR

Robert MAXIMILIAM

Tú eres mi amor, **tú** eres mi cielo,

Tú eres mi vida, el **único** amor de mi corazón.

Tú eres mi amor, tú eres mi luna,

Tú eres el verso, la única voz de mi corazón.

¡AY!

CARIÑO, CARIÑO

NO PUEDO VIVIR, SIN TU AMOR.

¡AY!

MI VIDA, MI CIELO

TÚ ERES MI AMOR, MI ÚNICO AMOR.

Tú eres mi mar, tú eres mi tierra

Tú eres mi mundo y mi adoración.

Tú eres mi música, **mi** melodía,

La sinfonía en mi corazón.

3- MIENTRAS, TE RECUERDE

Robert MAXIMILIAM

No intentes olvidarme **por**que **no** podrás,

Mis besos fueron huellas marcadas por amor.

No intentes olvidarme porque no podrás,

Mi tiempo en tu tiempo es historia eternidad.

No intentes olvidarme **por**que **no** podrás,

Mis **man**os en tu cuerpo es el **ver**bo en libertad.

No intentes olvidarme porque no podrás,

Mis lunas en tus lunas son poemas del amor.

No podrás olvidarme;

Simplemente, no podrás

Aunque, quieras y pudieras,

Seré, imposible olvidar.

Arderán, mis besos, en tu cuerpo;

Quemaran, mis locuras, en tu cintura;

Volaran, mis ganas, sobre ti.

4- MIS SUSPIROS DE AMOR

Robert MAXIMILIAM

A ella, van mis suspiros de amor.

A ella, van mis plegarias en flor.

A ella, escribo versos en miel.

A ella, le declamo mi amor.

A ella, le abriría mi alma.

A ella, entregaría mi corazón.

Sólo, a ella, amaría, por entero

Y en un bolero, la llevaría a volar.

Sólo, a ella, abriría, mi sendero

Y en velero, la invitaría a soñar.

A ella, van mis suspiros de amor.

A ella, van mis palabras de hoy.

A ella, recito libros de amor.

A ella, me entrego sin razón.

5- NO PIERDAS TU TIEMPO

Robert MAXIMILIAM

¡NO PIERDAS, El TIEMPO!

Criticando, viendo a los demás.

No pierdas el tiempo.

¡NO PIERDAS, EL TIEMPO!

Soñando, por soñar.

No pierdas el tiempo.

¡NO PIERDAS, TIEMPO!

Buscando, ser el mejor.

No pierdas el tiempo.

NADA GANAS, CON LLORAR

EL AGUA PASADA, ES PASADO, YA.

MIRA, LA VIDA Y SU DESPERTAR;

SIENTE, LA VIBRA Y PONTE A CAMINAR.

¡LEVANTE, CON ORGULLO!

RESPIRA, PROFUNDO Y SUEÑA REALIDAD.

TOMA, TÚ TIEMPO, ORA CON FE,

MIRA, DENTRO Y VUELA, SIN TEMOR.

SE, TÚ MISMO, NO TE MIENTAS;

SE VALIENTE Y DÉJATE AMAR.

¡NO PIERDAS, TU TIEMPO!

Sonríe y deja sonreír.

No pierdas el tiempo.

¡NO PIERDAS, TU TIEMPO!

Ten fe y deja creer.

No pierdas el tiempo.

6- NO TE DESANIMES, ESTO PASARÁ.

Robert MAXIMILIAM

Si la vida, pareciera ir **al** revés;

Si el silencio, pareciera **un** ¿no sé qué?

Si las miradas, parecieran dirigidas hacia ti.

NO TE DESANIMES NI TE ECHES A PERDER.

TODOS, VAMOS, EN EL MISMO TREN.

TODOS, PASAMOS, ALTAS Y BAJAS.

TODOS, PERDEMOS, MÁS DE ALGUNA VEZ.

NO TE DESANIMES NI RENUNCIES A SEGUIR.

TODOS, SOMOS, BARCOS A LA DERIVA.

TODOS, SOMOS, VAGABUNDOS POR AMOR.

TODOS, ANDAMOS, BUSCANDO UN POCO DE FE.

Si el tiempo, hace pausas sin aliento;

Si el verso, se convierte en tango eterno;

Si tu alma, se derrumba en soledad.

NO TE DESANIMES, NI CADUQUES AL AMOR

TODOS, SOMOS, PRESAS DE ALGÚN DOLOR

TODOS, SOMOS, VÍCTIMAS DE ALGÚN ERROR

TODOS, SOMOS, BESOS DEL DESAMOR.

PERO, TEN PRESENTE QUE, TAMBIÉN, PASARÁ;

Y VENDRÁN DÍAS NUEVOS, NUEVAS ILUSIONES

Y VERÁS AMANECERES EN TU CORAZÓN.

7- NO TE PUEDO OLVIDAR

Robert MAXIMILIAM

Mientras, te recuerde;
Siga suspirando,
Seguirás, viviendo en mi corazón.
Mientras, no te olvide;
Murmure, tus besos,
Siga, musitando en mi corazón

Seguirás, siendo vida,
Siendo, presente en mi corazón;
Seguirás, siendo verso,
Palabra, sagrada de mi ilusión.

Porque, lo confieso,
No te puedo, olvidar;
Sigues, viviendo, tan presente.
En mi mente, sigues siendo, realidad;
Porque, lo confieso,
Sigues, siendo el preso;
Murmurando tiempos,
Versos nuevos en mi callar.

8- PALABRAS DE AMOR

Robert MAXIMILIAM

Son palabras de amor,

Palabras del alma,

Palabras de vida

Que me salen del corazón.

Son poemas del alma,

Teoremas de inspiración;

Mariposas sagradas,

En misión por amor.

Para llevarte a tu almohada,

Para anidar en tu ser;

Un canto de Gloria,

Mis aleluyas de amor.

Para escribirte despacio,

Para decirte mi amor;

Y murmurar, la locura

Que enciende mi corazón.

Pequeñas palabras dulces

Que buscan ser una flor;

Y florecer en tus ojos

Al escuchar mi canción.

Son, la expresión de mi alma,

Una ovación al amor;

Un grito de amor sagrado,

Para decirte mi amor.

9- PARLIAMO DE AMORE

Robert MAXIMILIAM

¡Parliamo d'amore!

Que no muera la magia,

Que florezca el silencio

Que las caricias renazcan.

¡Parliamo d'amore!

Despertemos el verso

Refresquemos la noche

Que la luna nos cante.

¡Parliamo d'amore!

En todos los sentidos,

Con las manos, el alma;

Desnudemos, el corazón.

¡PARLIAMO D'AMORE!

PERCHÉ L'AMORE È TUTTO

L'AMORE È MAGIA

L'AMORE È VITA

L'AMORE È GRANDE.

¡Parliamo d'amore!

Sin miedos sin pausas,

Con la puerta abierta;

De frente y mirándonos.

10- PENSANDO EN TI

Robert MAXIMILIAM

Cuando estoy, pensando en ti;

Se me inunda la razón,

Se embellece mi mirar

Y me vuelvo... Suspirar.

Cuando estoy, pensando en ti;

Me seduce la ilusión,

Un deseo de volar

Y me vuelvo... Gorrión.

NAVEGANTE DE ALTA MAR

EMIGRANTE POR AMOR

PRISIONERO EN LIBERTAD

UN POETA, SIN HOGAR.

UN OASIS PARA AMAR

UNA SOMBRA, BAJO EL SOL

UN DESEO EN SOLEDAD

UNA HISTORIA, DEL AMOR.

Cuando estoy, pensando en ti;

Me refugio en mi callar,

Me consuelo, en nuestro amor

Y me escapo... Por amor.

UN HORIZONTE EN MIRAR

UN POLIZONTE DEL AMOR

UN POEMA EN PROCESIÓN

UN SILENTE… DEL CORAZÓN

11- PEQUEÑOS MOMENTOS

Robert MAXIMILIAM

Pequeños y grandes momentos,
Que vivo a cada momento,
Que llenan mi alma de amor,
Que dan calor a mi corazón.

Como el beso sin dueño,
Un sueño en empeño,
Un verso en la alcoba
y en la trova, una moda.

Como abrazo sincero,
Un viejo bolero,
La nota más alta
Y en la calma, un lucero

Como noche sin luna,
Una voz en la cuna,
Palabras de aliento
Y el viejo, silencio.

Como el tiempo, sin tiempo;
Una hora en la cama,
Una carta de lejos,
Una foto de mi viejo.

Como el niño que ríe,

El perro que ladra

El viento que sopla

Y el sol, al levantarse.

Como el verso de la noche,

La luna en lo alto,

Un beso discreto

Y la voz de un ser amado.

Como el río que canta,

Las nubes que pasan,

La lluvia que cae

Y el sudor, en la ventana.

Como el tiempo en la aurora,

La paz en la cama,

El soplo de vida

Y mi fe, en la cruz.

12- QUIERO SER ALGO MÁS

Robert MAXIMILIAM

Quiero que mi voz, resuene en tu corazón

Como burbuja de amor.

Como murmullo de paz

Como oración de ilusión.

Quiero que mi amor, florezca en tu interior

Como lucero de fe

Como deseo en café

Como presea del amor.

¡QUIERO, SER!

ALGO MÁS QUE UNA SIMPLE OCASIÓN.

ALGO MÁS QUE UNA, DULCE, CANCIÓN.

ALGO MÁS QUE UN MINUTO DE AMOR.

ALGO MÁS QUE UN SEGUNDO DE PASIÓN.

QUIERO, SER... TU AMOR.

¡QUIERO, SER!

ESE MÁS, EN LO FRÁGIL DE TU CORAZÓN.

ESE MÁS, EN LO FUERTE DE TU PASIÓN

ESE MÁS QUE FIRMA TU ILUSIÓN

ESE MÁS QUE SEDUCE TU MIRAR

QUIERO, SER... TU AMOR.

13- QUIERO SORPRENDERME

Robert MAXIMILIAM

Hoy quiero, sorprenderme,
Llenarme de momentos,
De momentos sagrados
Que enamoran mi alma.

Pequeños y grandes momentos,
Que nacen a cada momento,
Floreciendo en el jardín de mi alma.

Hoy me desperté,
Y, el sol, entraba por mi ventana.
Respiré profundo **y,** el aire, me llenó de alegría.
Escuché, la voz,
De mi hijo, **pro**nunciar mi nombre.
Y, a mi mujer, **a** mi lado,
Mirándome, **con** una sonrisa.

Me sorprendió el saludo
Del verbo del silencio
De aquel que doblegó su orgullo
Para deci**r**me: lo siento.

Me quedé pequeño, al caer en un error,
Tener que pedir perdón bajando la cabeza.
Y aceptar que no soy perfecto
Y, en mi imperfección, **de**scubrirme, mejor.

La tarde me regaló un saludo,

Me ofreció el regalo

De la promesa de una mañana.

La luna y las estrellas, brillaron en el cielo

Y enamoraron, mi espíritu, con su belleza.

Y antes de irme a la cama,

Mi hijo, me dijo: ¡te amo!

Y antes de irme a la cama…

Me descubrí, abrazado, a mi amada.

14- SIEMPRE, ESTARÉ AHÍ, PARA ACOMPAÑARTE

Robert MAXIMILIAM

¡Siempre!

Siempre, estaré, ahí.

Junto a tu cruz para acompañarte.

¡Siempre!

Siempre, estaré, ahí.

Cuando el sol, te dé la espalda.

¡Siempre!

Siempre, estaré, ahí.

Dejando el alma para ayudarte.

¡**Y NO, ME IMPORTARA!**

QUE EL MUNDO

ESTE CONTRA MÍ.

¡Y **NO**, ME IMPORTARA!

QUE MUERA

EN EL INTENTO.

¡Siempre!

Siempre, estaré, ahí.

A tu lado por amistad.

¡Siempre!

Siempre, estaré, ahí.

Cuando tú, me necesites.

¡Y **NO**, ME IMPORTARA!

QUE TODO

ESTE CONTRA MÍ.

¡Siempre!

Siempre, estaré, ahí… Junto a ti.

15- SOMOS, HIJOS DEL AMOR

Robert MAXIMILIAM

Creados, por amor

Para dar vida al mundo.

Creados, por amor

Para ser más que un segundo.

Somos, los hijos del amor.

Herederos de un reino de paz;

Constructores de nueva creación,

Esperanza para un mundo, mejor.

Somos, los hijos del amor.

Fuentes de gloria y honor;

Comuniones de verbos en libertad,

Poseedores, del poder de amar.

Nuestra misión:

Es ser fuentes de amor,

Es ser puentes de caridad.

Nuestra misión:

Es ser verbo en la amistad,

Es ser verso en solidaridad.

Tú y yo

Somos, hijos del amor

Abramos libres, nuestro corazón.

Tú y yo

Somos, hijos del amor

Luchemos siempre, porque reine la paz.

Tú y yo

Somos, hijos del amor

Podemos hacer más… por la humanidad.

DESCRIPCION DEL ESCRITOR

Robert Maximiliam

Salvadoreño de nacimiento y escritor por vocación. Desde muy joven, tuvo en sus manos y en sus sueños, la palabra como compañera de cuna. Inspirado por el romanticismo evocado por los cuentos y leyendas; motivado por la dedicación, el esfuerzo y la lírica del verbo jugando con el verso. La palabra se hizo verso, el verso, melodía; la melodía alas blancas y con ellas, se lanzó al vacío de su poesía. La narrativa romántica se volvió, parte de su vida diaria y comenzó a soñar. Nació libre en su palabra y en su contenido.

OTROS POEMARIOS

EN NOMBRE DEL AMOR

EN EL AMPARO DE TU AMOR

EN EL SILENCIO

UN BRINDIS POR AMOR

ENTRE MUSAS Y BURBUJAS

I LOVE MONTREAL

VOCES DE UN PUEBLO TRISTE

MAL DE AMORES

A MI AMIGO DE SIEMPRE

A TRAVÉS DEL CRISTAL DE MIS OJOS

www.ingramcontent.com/pod-product-compliance
Lightning Source LLC
Chambersburg PA
CBHW020144150626

46552CB00021B/1673